O Reino Secreto

Livro 4

CB019035

Um obrigada especial
para Karen King

Para Caitlin com amor

CIP-BRASIL. CATALOGAÇÃO NA PUBLICAÇÃO
SINDICATO NACIONAL DOS EDITORES DE LIVROS, RJ

B17r
    Banks, Rosie
    O recanto das sereias / Rosie Banks ; ilustração Orchard Books ;
tradução Monique D'Orazio. – 1. ed. – Barueri, SP : Ciranda Cultural, 2016.
    128 p. : il. ; 20 cm. (O reino secreto)

    Tradução de: Mermaid reef
    ISBN 9788538061120

    1. Ficção infantojuvenil inglesa. I. Orchard Books. II. D'Orazio,
Monique. III. Título. IV. Série.

16-32914

CDD: 028.5
CDU: 087.5

© 2012 Orchard Books
Publicado pela primeira vez em 2012 pela Orchard Books.
Texto © 2012 Hothouse Fiction Limited
Ilustrações © 2012 Orchard Books

© 2016 desta edição:
Ciranda Cultural Editora e Distribuidora Ltda.
Tradução: Monique D'Orazio
Preparação: Sandra Schamas

1ª Edição
www.cirandacultural.com.br

O Recanto das Sereias

ROSIE BANKS

Ciranda Cultural

Sumário

Uma mensagem na escola

— Estou morrendo de fome! — exclamou Jasmine Smith quando se juntou às amigas Ellie Macdonald e Summer Hammond, que estavam na mesa de sempre, na agitada cantina da escola.

— Onde você estava? Guardamos um lugar para você — Summer sorriu.

– Deixei minha tiara na classe – Jasmine respondeu. Na escola, todos tinham que usar o mesmo suéter azul-marinho, camisa branca e uma calça ou saia cinza e sem graça, mas isso não impedia Jasmine de tentar personalizar um pouco seu uniforme. Ela costumava usar tiaras coloridas ou uma presilha bonita nos longos cabelos escuros. Naquele dia, ela estava usando uma tiara rosa-choque que combinava com sua mochila.

Assim que Jasmine tirou a lancheira de dentro da mochila, ela percebeu outra coisa. Bem lá no fundo, havia um brilho cintilante que ela já conhecia…

– A Caixa Mágica! – sussurrou ela.

– O quê? – Ellie perguntou surpresa, quase derrubando seu suco, de tão ansiosa. Afinal, a Caixa Mágica nunca tinha enviado mensagem na escola!

O objeto era igualzinho a uma bela caixa de joias de madeira. Tinha uma tampa curvada com um espelho no meio, envolto por seis lindas pedras preciosas reluzentes. As laterais eram cobertas por entalhes de fadas e outras criaturas mágicas. As três amigas se revezavam para cuidar dela; mas, na realidade, a caixa pertencia ao rei Felício, o governante de um lugar maravilhoso chamado Reino Secreto.

O reino era uma terra mágica cheia de unicórnios, sereias, fadas e elfos, mas tinha um problema terrível. Quando o rei Felício foi escolhido pelos súditos para governar, sua irmã maldosa, a rainha Malícia, ficou tão zangada que lançou seis relâmpagos enfeitiçados nos mais belos lugares do reino, para arruinar tudo e deixar todo mundo tão infeliz quanto ela.

O rei Felício tinha enviado a Caixa Mágica para encontrar as únicas pessoas que poderiam ajudá-lo a salvar o reino: Jasmine, Summer e Ellie! As meninas já tinham ajudado o rei e sua fadinha assistente, Trixibelle, a destruir três dos relâmpagos horríveis. Agora parecia que ele precisava das amigas para encontrar mais um.

– Vamos ter que terminar o almoço na volta – disse Ellie, enquanto elas corriam para o banheiro das meninas. O tempo sempre ficava congelado quando as garotas estavam no Reino Secreto, por isso ninguém perceberia se Jasmine, Summer e Ellie sumissem. Mesmo assim, as pessoas poderiam notar se, de repente, elas desaparecessem no meio do refeitório!

As amigas fecharam a porta de um cubículo no banheiro e se amontoaram ao redor da caixa.

– O enigma está aparecendo! – Summer sussurrou.

Elas observaram ávidas as palavras que estavam se formando no espelho da tampa:

Outro relâmpago está perto,
bem lá no fundo do mar aberto.
Procurem no leito de águas claras,
onde mais do que peixes dão as caras!

Ellie leu a rima devagar.

– O que vocês acham que significa? Jasmine enrugou a testa.

– Bom, o fundo do mar é chamado de leito...

De repente, a Caixa Mágica brilhou de novo e a tampa se abriu com um encanto para revelar os seis pequenos compartimentos internos de madeira. Três dos espaços já estavam preenchidos por lindos presentes que elas tinham recebido do povo do Reino Secreto. Havia um mapa mágico que se movia e mostrava todos os lugares do reino; um minúsculo chifre prateado de unicórnio,

que lhes permitia conversar com animais; e um cristal cintilante com o poder de mudar o clima.

— Talvez o mapa nos dê alguma pista — disse Jasmine. Ela o tirou da Caixa Mágica com cuidado e o abriu alisando as dobras. Mostrava uma visão aérea do Reino Secreto inteiro, como se as meninas o enxergassem de um lugar muito alto.

— Olhem — disse Jasmine, apontando para o mar turquesa. As ondas quebravam na costa delicadamente, os peixes coloridos brincavam na água, e uma linda menina penteava o cabelo, sentada em uma rocha.

Enquanto Ellie, Summer e Jasmine observavam, ela saltou da rocha e mergulhou na água límpida. Jasmine ficou surpresa, pois em vez de pernas a menina tinha uma cauda cintilante!

— Vocês viram? É uma sereia! — exclamou Jasmine para as amigas, que confirmaram balançando a cabeça com entusiasmo.

Summer arregalou os olhos.

— Deve ser isso! "Onde mais do que peixes dão as caras!" Temos que ajudar as sereias!

Elas se inclinaram sobre o mapa novamente e observaram a sereia nadar em direção ao ponto que indicava uma cidade submarina. Ellie segurou o mapa e leu o nome.

— "Recanto das Sereias". Deve ser para onde vamos.

Jasmine e Summer concordaram, e as três meninas logo colocaram a ponta dos dedos nas pedras preciosas da Caixa Mágica.

Summer sorriu para as outras e disse a resposta do enigma em voz alta:

— Recanto das Sereias.

As pedras verdes cintilaram e uma luz começou a sair do espelho, lançando desenhos dançantes nas paredes. Então as amigas viram um lampejo dourado e Trixi apareceu, girando no ar como uma bailarina! Seu cabelo loiro estava mais bagunçado do que nunca, mas ela mostrava um grande sorriso, e seus olhos azuis faiscavam enquanto ela se equilibrava na folha.

– Oi, Trixi! – Ellie gritou de alegria enquanto a fada graciosa pairava no ar, bem na frente delas.

– Olá! – respondeu Trixi, sorrindo. – Minha nossa, onde estamos?

– Estamos na escola – Jasmine respondeu.

Trixi voou com sua folhinha pelo espaço da cabine no banheiro e disse:

– Ah! Não é assim que eu imaginava uma escola no Outro Reino. Onde vocês se sentam?

As meninas deram risadinhas.

– Não estamos na sala de aula – Summer explicou. – Este é apenas o banheiro. A gente precisava ter certeza de que ninguém nos veria quando fôssemos levadas para o Reino Secreto.

– Claro, como sou boba! – Trixi sorriu, mas depois seu rosto assumiu uma expressão preocupada. – Vocês sabem onde está o próximo relâmpago da rainha Malícia?

– Achamos que sim. Parece que está em um lugar chamado Recanto das Sereias – Ellie respondeu.

– Então precisamos ir agora mesmo! As sereias vão precisar da nossa ajuda – exclamou Trixi.

– Nós vamos mesmo conhecer as sereias! – Summer deu um gritinho e pulou animada.

Trixi riu, deu uma batidinha no anel e cantarolou:

– *A rainha má planejou uma guerra.*
Ajudantes corajosas, voem para salvar nossa terra!

Assim que Trixi falou essas palavras, um redemoinho mágico envolveu as meninas e girou ao redor delas.

— Iupiii! Estamos de partida para outra aventura! – gritou Summer quando o vento jogou seus cabelos loiros e compridos no rosto.

Segundos depois, o redemoinho as deixou sobre uma pedra verde e lisa no meio do mar turquesa. As meninas ficaram encantadas por usar as tiaras cintilantes mais uma vez, embora ainda estivessem com o uniforme da escola.

Jasmine olhou em volta com surpresa.

— Achei que a gente ia para baixo d'água, não ia? – ela perguntou à Trixi.

– E nós vamos! – disse a fadinha, sorrindo ao aterrissar sobre a rocha ao lado das meninas.

De repente, a pedra abaixo delas começou a tremer.

– O que está acontecendo? – perguntou Ellie com um gritinho.

Nervosas, as meninas observaram a água se agitar na frente delas, formando espuma, até que alguma coisa grande e escura surgiu das profundezas.

De repente, uma cabeça verde enorme saiu da água. Ellie e Jasmine levaram um susto e fecharam bem os olhos, mas Summer deu um grande sorriso.

– Olhem! – ela exclamou, apontando para a criatura, que piscou os olhos castanhos reluzentes para as meninas e abriu um sorriso preguiçoso. – Não estamos em cima de uma pedra… estamos nas costas de uma tartaruga marinha gigante!

– Pegar carona com uma tartaruga amiga é o único jeito de chegarmos ao Recanto das Sereias – Trixi explicou e piscou para as meninas.

A fadinha deu uma batidinha no anel, e dele saiu um jato de bolhas roxas, que voaram ao redor da cabeça das meninas e depois explodiram com uma chuva de glitter roxo.

– Segurem firme! – exclamou Trixi, apontando para o topo do casco do animal, onde havia uma saliência na qual elas podiam se agarrar. – Um... dois...

– Trixi, espere! – alarmou-se Jasmine. – Não podemos respirar embaixo d'água!

Mas era tarde demais.

– Três! – exclamou Trixi, tocando o anel mais uma vez. Com um solavanco, a enorme tartaruga mergulhou fundo no oceano.

Uma mensagem na escola

No fundo do mar

Jasmine engasgou de pânico quando a água cobriu seu rosto. Ela fechou bem a boca e prendeu a respiração.

– Hum-hum – conseguiu dizer, acenando para Trixi, que estava mergulhando ao lado das meninas.

Trixi deu uma risadinha sonora.

– Não se preocupem! O pó de bolhas que eu joguei em vocês era mágico. Permite que respirem debaixo d'água – ela explicou.
– Tentem respirar!

A tartaruga virou a cabeça e mostrou a elas um grande sorriso. Summer e Ellie soltaram a respiração e sorriram aliviadas quando descobriram que dava para respirar. Conforme a tartaruga nadava em movimentos suaves, as meninas iam observando aquele mundo ao seu redor.

— Isso é incrível! — exclamou Ellie ao passarem zunindo por uma água-viva azulada, cujos tentáculos arqueavam e se esticavam para cumprimentá-las.

Summer deu risada quando as palavras saíram da boca de sua amiga soltando bolhas minúsculas, mas Jasmine nem sequer sorria. Ainda estava com a boca bem apertada, e suas bochechas se estufavam com o esforço de prender o fôlego.

— Jasmine, olhe! — Summer sorriu e apontou para um cardume de golfinhos que passava por ali.

Os olhos de Jasmine reluziram observando os golfinhos nadarem ao seu lado, mas ela continuou com a boca bem fechada.

— Não tem problema — disse Summer, tentando encorajá-la. — Na verdade, você ainda está respirando pelo nariz.

Jasmine soltou o ar numa grande bolha e riu também.

– Tinha me esquecido disso!

– Você parecia um baiacu – brincou Ellie.

Elas se seguraram com força enquanto a tartaruga nadava cada vez mais para o fundo. Logo elas conseguiam ver uma linda cidade submersa sobre a areia do fundo do mar. Casinhas minúsculas com torres de coral pontudas e delicadas e telhados de conchas peroladas despontavam por entre algas e rochas. Em volta de toda a cidade havia um lindo recife de corais e, no alto dele, erguiam-se as torres de um castelo.

A tartaruga fez uma curva e apontou para baixo com a nadadeira.

— Ali deve ser o Recanto das Sereias — sussurrou Ellie.

A tartaruga confirmou balançando a cabeça e foi diminuindo o ritmo até parar.

— Vamos ter que nadar o resto do caminho até lá — convidou Trixi.

— Obrigada pela carona! — disse Summer quando as meninas pularam de cima do grande casco da tartaruga.

O animal acenou com a nadadeira e se virou para nadar de volta à superfície.

— Iupiiii! — Ellie exclamou, primeiro suspensa na água, flutuando um pouquinho, e depois batendo os braços para descer ao fundo de novo. — Que divertido!

Jasmine mergulhou até o fundo e chutou um pouco de areia.

– Parece que a gente está na praia – disse ela.

Trixi e as meninas nadaram felizes até cidade, bricando de pega-pega em volta de plantas aquáticas e rochas. Summer deu um gritinho quando notou um cavalo-marinho cor-de-rosa pequenininho flutuando entre as algas, com a cauda delicada curvada ao redor de um caule comprido.

– A Summer já fez amizade com um animalzinho! – brincou Ellie ao nadar para perto da amiga. Ela sabia que Summer adorava todos os tipos de criaturas, e ela e Jasmine sempre a viam se distrair e se afastar para acariciar todos os bichinhos que encontrava pelo caminho. Mas ela nunca tinha feito amizade com um cavalo-marinho!

– Ah, ele é tão fofinho! – disse Jasmine quando o cavalo-marinho passou. – Mas acho que não está acostumado a ver humanos no fundo do mar.

– Ele é muito lindo – concordou Summer, esticando a mão para acariciar a cabecinha do animal.

– Eu? – perguntou o cavalo-marinho, vermelho de vergonha.

Summer ficou muito surpresa. O cavalo-marinho podia entendê-la, e Summer nem estava segurando o chifre mágico de unicórnio!

– É o pó de bolhas. A mágica dele permite que vocês se divirtam com toda a vida marinha – explicou Trixi, com um sorriso.

– Olá! Eu me chamo Summer e estas são Jasmine, Ellie e Trixi – cumprimentou Summer com carinho.

— Eu sou Rosie — disse o cavalo-marinho fêmea, com as barbatanas ondulando com a corrente.

— Você percebeu alguma coisa estranha por aqui, Rosie? — perguntou Trixi. — Nós achamos que um dos relâmpagos da rainha Malícia está escondido no Recanto das Sereias. Ele pode causar muita confusão.

— Ah, não! O oceano inteiro tem falado sobre as maldades que a rainha Malícia anda fazendo — exclamou Rosie, assustada, indo se esconder em meio às algas.

Ellie espiou entre as algas e disse à Rosie:

— Não se preocupe. Não vamos deixar nada de ruim acontecer, mas temos que ir à cidade e encontrar o relâmpago.

— Então, vou mostrar o caminho mais rápido até lá — a pequena respondeu.

As meninas seguiram Rosie pelo recife e logo chegaram a um portal de coral que se abria para a cidade submersa. Quando se aproximaram, sininhos delicados ressoaram e, de repente, um tentáculo gigante com fileiras de ventosas apareceu sobre o arco.

As meninas se depararam com um polvo enorme em cima do arco, olhando fixo para elas com grandes olhos brilhantes.

Ellie deu um pulo de susto, mas o polvo apenas levantou um tentáculo e acenou para elas, indicando o caminho no meio da passagem. Depois ele subiu de novo no portão e repousou sobre uma enorme pérola rosada dentro de uma ostra gigante, bem no topo da entrada.

– Essa é a maior pérola que eu já vi na minha vida! – riu Jasmine, virando-se para nadar de costas e atravessar a passagem de entrada. – O polvo está protegendo a pérola?

– Está sim, aquela é a pérola dos desejos. É o objeto mais precioso de todo o oceano. A mágica dela é muito poderosa e pode realizar qualquer desejo – explicou Rosie no caminho.

– Uau! – gritou Jasmine. – Eu adoraria ter um desejo realizado!

— Conhecer uma sereia de verdade seria um desejo realizado — Ellie suspirou enquanto elas entravam na cidade, onde casinhas de conchas se escondiam entre plantas vibrantes e algas-marinhas coloridas. — Eu achei que a gente já teria visto alguma a essa altura!

— As sereias podem ficar invisíveis — Trixi explicou. — Então quer dizer que elas podem estar por perto, mas você não está conseguindo ver!

— Quer dizer que podem existir sereias no nosso mundo também? — Jasmine perguntou entusiasmada.

— Talvez — respondeu Trixi, abrindo um enorme sorriso. As meninas se olharam, maravilhadas.

— Hoje, quase todo o povo das sereias estará no Castelo Coral, que fica logo ali — Rosie disse a elas e apontou com a cauda para cima, em direção ao castelo que se erguia sobre o recife. Tinha altas torres de coral esculpidas e era decorado com milhares de pérolas e conchas cintilantes.

– É ali que vive Lady Serena, a líder do povo das sereias – continuou Rosie. – Todo ano ela promove uma competição de canto chamada Torneio Som do Mar. Todo o povo das sereias estará presente.

– Então, o que nós estamos esperando? Vamos! – sorriu Jasmine, batendo os pés para nadar adiante.

Rosie liderou o caminho até as grandes portas do castelo e depois por um corredor repleto de conchas, até chegarem a um salão impressionante.

As três meninas olharam ao redor, maravilhadas. O salão estava cheio de centenas de sereias e sirenos!

Alguns estavam balançando suas longas e multicoloridas caudas ao som da música. Outros dançavam na água.

— Eles são lindos! — Summer disse baixinho, espantada.

— E são tantos! — exclamou Ellie.

Quase todos estavam sentados olhando para o palco, na expectativa. As finas cortinas de conchinhas trançadas em algas marinhas delicadas ainda estavam fechadas. Então, Rosie explicou:

— Esta noite é a final da competição. É o sonho de toda sereia e de todo sireno vencer e ser reconhecido como o melhor cantor do Recanto das Sereias. E o vencedor poderá fazer um pedido na pérola dos desejos! Eles podem pedir o que quiserem — Rosie ficava ainda mais rosada pela empolgação.

– Queria que a gente pudesse ficar para assistir ao espetáculo – suspirou Summer. – Mas temos que encontrar o relâmpago antes que cause algum problema.

– Na verdade, eu acho que a gente já encontrou! – gritou Ellie, apontando para uma lasca preta despontando por entre os corais, ao lado de um dos assentos.

Elas todas nadaram até lá para dar uma olhada melhor. Sem sombra de dúvida, era a ponta do relâmpago preto e pontiagudo da rainha Malícia.

Lady Serena

— Ah, não! A rainha Malícia deve estar tentando arruinar o Torneio Som do Mar! — exclamou Jasmine.

— Nós não vamos deixar! — declarou Ellie, colocando as mãos na cintura com determinação.

— Acho que é melhor encontrarmos Lady Serena — disse Trixi. — Ela precisa saber o que está acontecendo.

Rosie levou Jasmine, Summer, Ellie e Trixi por entre o público de sereias e sirenos, rumo ao palco. Houve um burburinho geral quando o povo das sereias viu as pernas das meninas. Todos exclamavam, surpresos, e começaram a cochichar uns com os outros.

Ao chegarem ao palco, Trixi segurou a cortina de conchas para que elas nadassem através da abertura.

– Por aqui – convidou.

Elas nadaram para os bastidores, passando por diversos camarins com pinturas de estrelas-do-mar nas portas.

Em uma das estrelas--do-mar estava escrito "Lady Serena", em caligrafia rebuscada.

Ellie bateu na porta, que abriu sozinha.

Lá dentro havia uma linda sereia com longos cabelos loiros ondulantes, uma tiara prateada, um biquíni gracioso de conchas de ostra e uma cauda prateada cintilante. Uma jovem sereia com cabelos ruivos flutuava ao lado dela, e parecia preocupada.

– Você consegue – disse Lady Serena, confortando a menina sereia. – Não pense no público. Apenas olhe para mim e se concentre no seu canto.

– Vou tentar, Lady Serena – disse a menina, com um sorriso nervoso.

Quando a jovem nadou porta afora passando por Ellie, Summer e Jasmine, Lady

Serena se virou e as notou flutuando logo ali. Seus brilhantes olhos azuis arregalaram-se de surpresa.

— Visitantes do Outro Reino! Que maravilhoso! — ela exclamou e bateu palmas toda contente. Bem nessa hora, Lady Serena notou Trixi e Rosie nadando ao lado das meninas e sorriu. — Trixi! Que delícia ver você de novo. O rei Felício está aqui também? Ele prometeu vir e assistir ao Torneio Som do Mar.

— Receio que não, Lady Serena, mas tenho certeza de que ele vai chegar logo, logo — respondeu Trixi. Em seguida, olhou para as meninas. – Estas são Summer, Ellie e Jasmine. São as meninas humanas que têm ajudado a deter a mágica malvada da rainha Malícia. Sinto lhe dizer que nós acreditamos que ela vai tentar destruir o Torneio Som do Mar.

– Encontramos um dos relâmpagos no salão do castelo – acrescentou Ellie.

– Aconteceu alguma coisa estranha por aqui? – perguntou Jasmine.

Lady Serena sacudiu a cabeça parecendo confusa.

– Não, está tudo ótimo. Os ensaios foram bem e o espetáculo está quase pronto para começar.

As meninas se entreolharam, preocupadas. Os desagradáveis relâmpagos da rainha Malícia já tinham causado muitos problemas. Aquela rainha horrível estava tramando alguma coisa.

– Talvez seja melhor ver se os outros jurados notaram alguma coisa esquisita. Vou ligar para eles – Lady Serena pegou uma concha em espiral de sua penteadeira e a colocou na orelha.

– Nós usamos essas conchas para ouvir o mar no nosso mundo! – exclamou Ellie, quando Lady Serena murmurou dentro da concha.

– Elas funcionam ainda melhor debaixo d'água – disse Trixi. – A gente consegue ouvir de uma concha para a outra. O povo das sereias as usa para conversar entre si.

– Igualzinho a um telefone! – disse Jasmine.

– Eles estarão aqui em alguns minutos – anunciou Lady Serena quando colocou a concha de volta na penteadeira. – Eu ia agora mesmo tomar uma xícara de chá de alga marinha adocicada e comer uns sanduíches de pepinos-do-mar. Gostariam de um pouquinho? – ela apontou para uma bandeja decorada com conchas, com xícaras também feitas de concha e sanduíches triangulares.

– Não sei se vou gostar de chá de algas marinhas – Ellie sussurrou para Jasmine e Summer.

– Nem eu – murmurou Jasmine.

Summer viu que Lady Serena olhava para elas. Então, toda educada, pegou um sanduíche. Era feito com areia de verdade!

– Não se preocupem. É gostoso – sussurrou Rosie, rindo.

Summer deu uma mordidinha no sanduíche. Era doce, crocante e delicioso!

– Divino! – ela concordou de boca cheia.

– Ah, que bom! – exclamou Jasmine, pegando um sanduíche. – Ainda estou morrendo de fome. Não conseguimos terminar de almoçar!

Alguns minutos depois, chegaram duas sereias muito bonitas e um sireno elegante. Os cabelos longos das sereias caíam sobre os ombros, e seus biquínis eram feitos de conchas de ostras.

Uma delas tinha a cauda dourada, e a outra, de um lilás cintilante. O sireno tinha cabelos pretos, olhos castanhos e cauda verde. Quando ele sorriu, revelou uma fileira deslumbrante de dentes brancos perolados.

– Meninas, estes são Cordélia, Meredith e Zale – disse Lady Serena, apontando para os três.

– Muito prazer em conhecer vocês – respondeu Summer, sorrindo.

– Jurados, estas são Summer, Jasmine e Ellie – continuou Lady Serena, indicando cada uma com um movimento da cabeça. – Elas são humanas! – ela acrescentou, sussurrando.

– Minha nossa, olhem só as pernas delas! – Cordélia disse com um gritinho ao nadar na direção das meninas.

As meninas ficaram envergonhadas diante de gente tão glamorosa do povo das sereias, ainda mais porque ainda estavam vestidas com o uniforme da escola, mas as sereias e o sireno pareciam empolgadíssimos em vê-las.

– Eu sempre quis ver um humano de verdade! – exclamou Meredith.

– É maravilhoso conhecer vocês – disse Zale, com um sorriso radiante.

Cordélia e Meredith nadaram e abraçaram Summer e Jasmine, e Zale apertou a mão de Ellie.

Cordélia estava muito animada, e não parava de comparar sua cauda com as pernas de Summer, olhando o tempo todo e fazendo cócegas nas pernas da menina.

Summer riu envergonhada e esticou o braço para tocar a cauda lilás da sereia. Era coberta por minúsculas escamas, como as de um peixe, mas era macia e lisa. Ela se abaixou para sentir uma das nadadeiras grandes e largas de Cordélia, porém, de repente, ouviu-se um trovão muito alto, e a sereia desapareceu em meio a uma nuvem de bolhas.

Desaparecidos

— Ah, não! O que foi que eu fiz? — disse Summer com um grito.

— Não foi você. Os outros jurados também desapareceram! — Trixi confirmou olhando pelo camarim.

— O que aconteceu? Aonde eles foram? — perguntou Lady Serena, assustada.

— Será que estão invisíveis? — perguntou Jasmine.

Lady Serena sacudiu a cabeça.

— Não. Se estivessem invisíveis, eu ainda conseguiria vê-los. Eles desapareceram completamente!

– Vou tentar usar minha mágica para trazê-los de volta – disse Trixi. Ela deu uma batidinha no anel, mas nada aconteceu. A fadinha balançou a cabeça. – Minha mágica não funciona, isso só pode significar que é por causa do relâmpago da rainha.

– Mas o torneio vai começar a qualquer minuto! O que vou fazer sem os meus jurados? – exclamou Lady Serena, batendo a cauda ansiosamente.

Na mesma hora, uma linha de bolhas começou a fluir de dentro da concha em espiral. Lady Serena atendeu e colocou a concha na orelha. Ela ouviu por um segundo, depois se virou para as meninas.

– Tem uma embarcação esquisita parada fora do castelo – informou. – Será que tem alguma coisa a ver com o relâmpago da rainha Malícia?

– Vamos descobrir – disse Jasmine, indo até a janela, que era feita de grandes bolhas, em vez de vidro.

Quando espiaram, viram um submarino azul de bolinhas brancas se movendo na areia, de marcha a ré. Elas viram pelas escotilhas um homenzinho pequeno e roliço, de cabelos brancos e barba longa sentado lá dentro. Estava espiando pelo periscópio do submarino com um olhar confuso.

– Ah! É o rei Felício! – Summer suspirou aliviada.

– Olhem! O periscópio do submarino está embaixo, não em cima! – disse Ellie com um sorriso.

Trixi sorriu e sussurrou:

– Outra das geringonças dele.

Trixi deu uma batidinha no anel e, num piscar de olhos, o periscópio estava no lugar certo. Assim, o rei Felício conseguiu ver todas elas acenando para ele.

O submarino parou e o rei saiu nadando, com seus óculos de meia-lua equilibrados no nariz. Vestia um traje de banho azul com uma estampa de coroas douradas. Sua coroa real balançava em cima de um grande capacete de mergulhador redondo que mais parecia um aquário de cabeça para baixo.

Trixi flutuou até ele e o ajudou a tirar o capacete. Em seguida, jogou um pouco de bolhas roxas sobre o rei para que ele pudesse respirar.

O rei Felício deu um espirro enorme e seus óculos caíram na areia. Lady Serena os pegou e os devolveu ao rei.

— Bem-
-vindo ao
Recanto das
Sereias — disse
ela. — Para
nós é um
enorme prazer
que Vossa
Majestade tenha
vindo assistir
ao espetáculo.

— Estou muito
ansioso para ver — respondeu o rei Felício ao colocar os óculos de volta sobre o nariz.
— Olá, meninas. Vocês também vieram para

o espetáculo? – disse sorrindo para Ellie, Summer e Jasmine.

– Elas vieram para encontrar mais um relâmpago da rainha Malícia – explicou Trixi. – E se não encontrarmos os jurados, pode ser que a gente não tenha espetáculo! O relâmpago os fez desaparecer.

– Minha nossa! – o rei Felício suspirou, parecendo muito preocupado.

– Por onde vamos começar? – perguntou Ellie.

– Não sei se devemos procurar por eles… – Summer começou a dizer, depois corou quando todos olharam para ela. – Digo… bom… no Vale dos Unicórnios e na Ilha das Nuvens as coisas voltaram ao normal depois de quebrarmos o feitiço da rainha Malícia. E agora ela está tentando estragar o Torneio Som do Mar. Então, se a gente garantir que a magia horrível dela não estrague tudo, os jurados devem reaparecer.

— Ei, você está certa — concordou Ellie.

— De qualquer forma, os jurados podem estar em qualquer lugar no Reino Secreto. A gente levaria séculos para procurar na ilha inteira — acrescentou Jasmine.

— Isso faz sentido — Trixi concordou balançando a cabeça. — A rainha Malícia só quer mantê-los longe daqui para arruinar a competição.

— Mas o torneio vai estar arruinado se os jurados não estiverem aqui — respondeu Lady Serena, triste.

— Será que mais ninguém pode julgar as apresentações? E quanto ao rei Felício? — perguntou Ellie.

— Bem… er… eu adoraria ajudar, claro — gaguejou o rei. — Mas acho que eu não poderia fazer muita coisa. Não consigo diferenciar as notas musicais, e não entendo nada de canto!

– Mas eu conheço alguém que entende – sugeriu Trixi. – Jasmine! E Ellie faz roupas fantásticas, então ela pode avaliar os figurinos. E Summer é brilhante com as palavras, por isso pode avaliar as letras das canções.

As meninas olharam umas para as outras boquiabertas.

– A gente? – Summer chiou.

– Por que não? Vocês seriam perfeitas! – Trixi exclamou, e o rei Felício e Rosie concordaram com ela.

– Que ideia esplêndida – aprovou Lady Serena. – E na hora certa, pois a competição já vai começar! Vocês podem nos ajudar?

– Claro! – exclamaram as meninas ao mesmo tempo.

Lady Serena sorriu e as levou para o palco.

– Mal posso acreditar que eu vou ser jurada numa competição de canto de sereias! – Jasmine exclamou com um gritinho agudo.

Mas quando elas viram todo o povo das sereias aguardando o espetáculo começar, até mesmo Jasmine começou a se sentir nervosa.

– Não estou muito segura – Summer sussurrou para Ellie. – O povo das sereias está esperando para ver três jurados todos chiques. O que vão pensar de nós vestidas de uniforme?

– Posso resolver isso – Trixi respondeu.

A fada deu uma batidinha no anel, e no mesmo instante os uniformes escolares foram transformados em trajes muito lindos. Summer usava um longo vestido amarelo decorado com lantejoulas prateadas; Jasmine vestia uma blusa rosa toda cheia de brilhos, calça preta e botas prateadas na altura dos tornozelos; e Ellie tinha um vestido verde-esmeralda reluzente enfeitado com espirais roxas. As pedras preciosas nas tiaras cintilavam refletindo as cores de seus trajes.

– Prontinho! – disse Trixi, muito satisfeita com o resultado.

– Vocês estão lindas – Rosie elogiou, tímida.

Jasmine, Ellie e Summer estavam encantadas. Agora elas mal podiam esperar que o espetáculo começasse! Elas ficaram nos bastidores batendo os pés e as mãos para se sustentarem na água, enquanto Trixi, Rosie e o rei Felício flutuavam em busca de seus lugares na plateia no meio do povo das sereias.

Finalmente, as cortinas de conchas se abriram e Lady Serena nadou até o palco.

– Sereias e sirenos! – ela anunciou. – Temos convidadas muito especiais para serem as juradas do Torneio Som do Mar este ano, e elas vieram lá do Outro Reino!

A platéia aplaudiu e gritou. Lady Serena se virou e acenou para chamar as meninas.

– Com vocês... Summer, Jasmine e Ellie!

As amigas sorriram com entusiasmo. A competição ia começar!

O som do mar

O público se agitou quando as meninas apareceram no palco.

– Elas não têm cauda! – um sireno sussurrou espantado.

– As pessoas do Outro Reino têm pernas em vez de caudas, bobinho – respondeu a sereia sentada ao lado dele.

Summer, Jasmine e Ellie sentiram-se muito importantes diante dos olhares e sussurros do povo das sereias, alguns deles flutuando acima dos assentos para poderem ter uma visão melhor das pernas das humanas.

As meninas sorriram e acenaram quando sentaram em seus lugares na frente do palco.

Assim que as meninas se acomodaram, as lindas cortinas de concha se abriram de novo e Lady Serena anunciou a primeira competidora, uma sereia de cabelos dourados chamada Nerissa, que usava um lindo vestido de alcinhas que envolvia sua cauda azul reluzente. Por um momento, Nerissa hesitou de nervoso. Summer ficou com pena dela e deu um sorriso encorajador para a sereia. A competidora sorriu de volta e começou a cantar.

Nerissa cantou uma canção assustadora sobre uma solitária bruxa do mar. Enquanto cantava, lágrimas rolavam por sua face e se transformavam em lindas pérolas que flutuavam ao redor dela. Quando a canção chegou ao fim, as pérolas brilharam e mudaram de branco para cor-de-rosa, e depois para dourado, antes de desaparecerem num lampejo.

Todo o público aplaudiu e comemorou bastante, batendo as caudas no leito do mar. Summer, Jasmine e Ellie levantaram-se num salto para aplaudir Nerissa de pé.

A sereia acenou e soprou beijinhos para a plateia antes de sair do palco nadando.

— Nossa, foi fantástico! A roupa dela era maravilhosa! — exclamou Ellie quando elas se sentaram de novo.

— Ela cantou tão bem que me fez chorar também — suspirou Summer, enxugando as lágrimas.

— Foi uma apresentação excelente — concordou Jasmine, que estava levando muito a sério seu papel de jurada.

Em seguida, Lady Serena anunciou Atlanta, uma sereia ruiva de cauda lilás cintilante e blusinha azul de algas marinhas. Ela estava acompanhada por quatro peixes- -anjo com longas caudas enfeitadas com lindos laçarotes roxos. Eles dançavam em volta da sereia durante a melodia suave que falava sobre um peixinho que não conseguia voltar para casa e que foi, por fim, resgatado por uma sereia.

Summer adorou assistir à dança dos peixes-anjo no ritmo da canção delicada, e torceu com mais entusiasmo quando eles fizeram uma reverência para agradecer.

Em seguida, foi a vez de um bonito sireno chamado Orcan, com cabelos loiros e uma cauda prateada deslumbrante. Ele cantou uma melodia cheia de emoção que fez o mar parecer mais calmo. No meio da apresentação, as meninas ouviram um som distante de baleia, como se uma delas estivesse respondendo.

As meninas ouviram maravilhadas o canto da baleia, que ficava cada vez mais alto. Logo houve um burburinho de empolgação percorrendo a plateia.

Então Jasmine se virou e prendeu a respiração. Pela janela, viu um olho enorme!

Era uma baleia-azul gigantesca que tinha se unido à canção de Orcan, transformando o número num dueto mágico.

— Isso é incrível! — Summer exclamou com espanto, batendo palmas, encantada, quando a baleia gigante abriu um sorriso para ela.

O público estava emocionado. Mais uma vez, todos vibraram e bateram as caudas sobre o leito do mar, enquanto o sireno fazia uma reverência e deixava o palco.

– Demais! – declarou Jasmine. – Todos eles são tão bons que eu não sei como vamos escolher um vencedor.

Por fim, a última competidora, Nerin, subiu ao palco. Era uma sereia muito pequenininha exibindo um enorme vestido vermelho de seda que quase cobria completamente sua cauda.

Para o espanto de todos os presentes, sua voz era tão poderosa que fez as ondas quebrarem fortemente acima do castelo. Conforme as notas iam ficando mais e mais altas, o movimento das ondas se refletia também dentro do salão, embalando todos de um lado para o outro.

— Oh, estou me sentindo meio enjoada!
— gemeu Ellie, segurando-se no assento.

— A voz dela deve ser muito poderosa
para fazer as ondas quebrarem por aqui desse
jeito — admirou-se Jasmine.

De repente, o mar começou a escurecer.

— Isso não foi o canto, não é? — Jasmine
sussurrou para Ellie, que sacudiu a cabeça.

A voz de Nerin sumiu quando a água
começou a ficar cada vez mais escura e preta.

– O q-que foi isso? – perguntou Summer, apontando para as janelas de bolhas.

Uma forma escura e suspensa surgia do lado de fora. Quando foi se aproximando, as meninas viram que era um grande navio preto com uma âncora em formato de relâmpago.

– É o iate da rainha Malícia! – berrou o rei Felício, alarmado.

Summer sentiu um arrepio quando uma figura sombria de cabelos pontudos e asas de morcego pulou do iate e foi descendo pela água. Depois outra e outra.

– Ah, não! – ela gritou horrorizada. – São os Morceguinhos da Tempestade!

A pérola dos desejos

Assim que o povo das sereias viu os Morceguinhos da Tempestade, todos entraram em pânico.

— Tenho certeza de que não é nada — Lady Serena tentou tranquilizar os presentes. — Por favor, fiquem calmos senão vão dar um nó nas caudas!

Os morceguinhos estavam usando máscaras de mergulho com tubos para respirar e pés de pato nos pés e nas mãos.

Eles nadavam muito desajeitados, e suas asas de couro não deslizavam na água. Estavam indo para o arco de entrada do recife.

– Estão atrás da pérola dos desejos! – Summer percebeu, assustada.

– Não se preocupem. O polvo guardião vai cuidar deles – disse Lady Serena, confiante.

E assim foi. Conforme os Morceguinhos da Tempestade foram se aproximando, o polvo apareceu no topo do portal e envolveu os tentáculos protegendo a concha da ostra. O povo das sereias suspirou de alívio.

Mas, de repente, um relâmpago disparou do iate da rainha Malícia como um torpedo. Um estalo ecoou pela água e o polvo desapareceu em uma nuvem de bolhas, assim como os jurados.

Lady Serena gritou e começou a nadar em direção ao arco, impulsionada por sua cauda veloz e poderosa. Trixi e as meninas foram atrás dela enquanto o rei Felício e Rosie observavam horrorizados.

As meninas nadavam o mais rápido possível, mas suas pernas não acompanhavam as nadadeiras da Lady Serena.

— Ela não vai alcançar a pérola a tempo! Os morceguinhos já estão perto demais! — Jasmine gritou para as outras enquanto nadavam.

– Aquela pérola é muito poderosa. Se a rainha Malícia conseguir pegá-la, vai poder desejar coisas horríveis! – disse Trixi, voando desesperadamente com sua folha através da água.

Ellie parou de nadar.

– Nunca vamos alcançá-los! – exclamou. – Mesmo assim, temos que fazer alguma coisa!

As outras se reuniram em volta dela e ficaram batendo os pés e braços na água enquanto pensavam no que fazer.

– Será que você conseguiria fazer uma mágica e criar uma grande onda que levasse os morceguinhos para longe? – Summer perguntou para Trixi.

– Perigoso demais. Pode levar a pérola junto – a fadinha respondeu.

– Que tal aprisioná-los? – sugeriu Jasmine. – Daria para criar uma concha com mágica ou uma bolha bem grande?

– Isso pode dar certo – disse Trixi toda animada.

– Rápido! – alertou Ellie quando o líder dos morceguinhos esticou a mão ossuda em direção à pérola. – Precisa ser agora!

Trixi deu uma batidinha no anel e, de repente, cada morceguinho foi envolvido por uma bolha transparente e cintilante. As bolhas ondulavam para cima e para baixo com a corrente. Os Morceguinhos da Tempestade gritavam e batiam os pés contra a bolha.

– Isso deve pará-los por tempo suficiente para Lady Serena pegar a pérola. Vamos! – disse Trixi.

Lady Serena nadou por entre as bolhas olhando admirada para os morceguinhos. Depois, com um bater da cauda, nadou até a pérola dos desejos, que ainda estava na ostra gigante, no topo do portal.

— Temos que nos apressar! — exclamou Summer, nadando atrás dela. — Eles não vão ficar presos por muito tempo. Temos que esconder a pérola!

— Mas onde vamos escondê-la? — perguntou Jasmine quando chegou, sem fôlego.

— Não vão! — disse uma voz vinda de cima.

As meninas ficaram horrorizadas quando a rainha Malícia apareceu no alto, em cima de uma arraia gigante, e arrancou a pérola da ostra.

— Rá! — ela riu triunfante. — A pérola é minha e vocês não podem fazer nada! Finalmente eu vou conseguir o que mereço!

Diante dos olhos espantados das meninas, ela segurou a pérola acima da cabeça e exclamou:

— Eu desejo governar o Reino Secreto e que todos os súditos me obedeçam!

O desejo da rainha Malícia

De súbito, houve um grande tremor e a água ondulou ao redor das meninas. Summer, Jasmine e Ellie agarraram a mão umas das outras para tentar se equilibrar.

A rainha Malícia deu um riso maléfico ao erguer as mãos acima da cabeça e tocar a coroa pontiaguda que agora estava ali. Era a coroa do rei Felício!

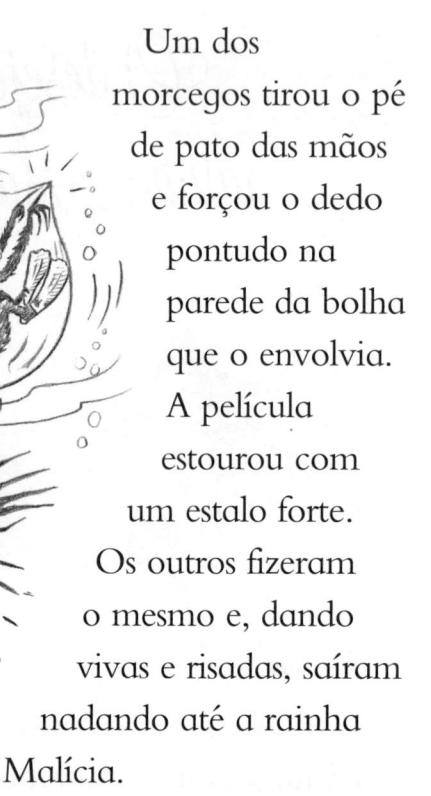

Um dos morcegos tirou o pé de pato das mãos e forçou o dedo pontudo na parede da bolha que o envolvia. A película estourou com um estalo forte. Os outros fizeram o mesmo e, dando vivas e risadas, saíram nadando até a rainha Malícia.

– Silêncio! – ela ordenou e se virou para encarar Lady Serena e Trixi – cumprimentem sua governante!

Lady Serena curvou a cauda e fez uma reverência, e Trixi voou até a rainha Malícia e a cumprimentou.

— Como posso servi-la, Vossa Majestade? — perguntou a fadinha numa voz estranha e sem emoção.

Summer levou um susto.

— O que está acontecendo? — sussurrou para Jasmine e Ellie. — Por que a Trixi e a Lady Serena estão fazendo o que ela manda?

— Deve ser o desejo. Acho que somos as únicas que não foram afetadas — respondeu Ellie.

— Deve ser porque não somos do Reino Secreto. Não somos súditas! — disse Summer.

A rainha Malícia virou-se e olhou para elas. Antes que Ellie ou Summer pudessem se mover, Jasmine fez uma profunda mesura.

— Vossa Alteza Real — disse ela, piscando para as amigas.

Os Morceguinhos da Tempestade riram.

– Basta! – retrucou a rainha Malícia. – Teremos muito tempo para insultar essas intrometidas quando estiverem trancadas no calabouço! Agora todos me sigam até o iate!

– Sim, minha rainha – entoaram Lady Serena e Trixi, como se estivessem hipnotizadas.

– Sim, minha rainha – copiaram as meninas.

A rainha Malícia puxou as rédeas e a arraia nadou para o alto, em direção ao iate. Ellie, Summer e Jasmine seguiram atrás de Trixi, Lady Serena e dos Morceguinhos da Tempestade.

– Boa ideia, Jasmine! – sussurrou Ellie. – Agora ela acha que o desejo nos afetou também.

– Obrigada. Mas ainda precisamos achar uma forma de detê-la! – disse Jasmine.

As meninas olharam para a rainha Malícia, que ria para si mesma e desejava cada vez mais coisas. Elas observaram a rainha passar um diadema de pedras preciosas e um par de sapatos de diamante para os Morceguinhos da Tempestade carregarem. Por fim passou a pérola para o morceguinho que ia atrás e incitou a arraia a nadar mais depressa.

– Temos que conseguir a pérola de volta – falou Summer, determinada. – Antes que as coisas piorem!

– Tenho uma ideia. Sigam-me! – Ellie anunciou.

As meninas bateram os pés e seguiram em frente até chegarem ao lado do morceguinho líder.

– Você tem muita sorte de ser o criado da rainha Malícia, esse é um trabalho muito importante – Ellie falou para ele em tom de inveja.

– É verdade – Jasmine logo concordou. – Gostaria de poder ajudá-la também.

O morceguinho gostou.

– Ah, vocês podem fazer muita coisa! – ele disse com uma risada maldosa. – Podem limpar os banheiros dos gnomos, fazer o café da manhã dos morcegos e dar de comer aos sapos fedidos.

– Ah, obrigada! – agradeceu Jasmine, fingindo que o morceguinho tinha acabado de lhe presentear com um bolo de chocolate. Mas seus olhos estavam fixos na pérola que ele segurava com seus dedos pontudos. Ela subia e descia conforme ele nadava, tão perto que a menina quase podia tocá-la...

– Depressa, vocês aí atrás! – rosnou a rainha Malícia. – Não dá para nadar mais rápido? Quero voltar para o meu castelo e criar caos por todo o reino!

– Sim, minha rainha! – responderam em coro os obedientes morceguinhos.

– Eu poderia nadar muito mais rápido sem toda essa parafernália – resmungou o morceguinho mais próximo de Summer, que ia arrastando um baú cheio de joias. Ele olhou para Summer e um sorriso apareceu em seu rosto. – Já sei! Você pode carregar tudo isso! – ele jogou a arca pesada nos braços de Summer, todo contente.

Os demais morcegos deram risada quando viram Summer se esforçando para carregar o baú.

— Boa ideia! Você pode levar isso aqui — riu um deles quando passou um manto prateado e um espelho enorme para Ellie.

— É! — disse o morcego líder. — E isso também! — ele passou para Jasmine a pérola dos desejos.

Jasmine deu uma exclamação de surpresa quando olhou para a pérola dos desejos nas mãos. O morceguinho logo se deu conta do erro que tinha cometido e esticou os braços para tentar pegá-la, mas já era tarde demais.

— Desejo que todos os desejos da rainha Malícia sejam desfeitos e que ela vá para bem longe daqui! — gritou Jasmine.

— Nãããããããoooo! — berrou a rainha tentando, em vão, segurar a coroa do rei Felício, quando um enorme redemoinho passou ao redor dela e fez a coroa cair de seus dedos enrugados.

Os Morceguinhos da Tempestade nadaram e tentaram pegá-la, mas também foram sugados pela espiral de água.

– Vocês não venceram! Vou pegar todas vocês! Um dia, eu vou governar o reino... Esperem e verãããooo! – guinchou a rainha Malícia ao girar para o fundo do redemoinho.

De repente, o redemoinho desapareceu e as meninas foram deixadas perto de Lady Serena e Trixi, que sacudiam a cabeça como se estivessem acordando de um pesadelo.

Jasmine virou-se para Lady Serena e passou-lhe a pérola dos desejos.

– Acho que isso é seu – ela disse com um sorriso.

E o vencedor é...

— Como podemos agradecer? Vocês salvaram todos nós! — disse Lady Serena, abraçando as amigas uma de cada vez.

Quando nadaram de volta para o Recanto das Sereias, Jasmine, Ellie e Summer viram o resto do povo das sereias reunido fora do castelo, esperando que elas voltassem.

– Não se preocupem! – Ellie disse em voz alta, à medida que iam se aproximando.
– A rainha Malícia e aqueles terríveis Morceguinhos da Tempestade já se foram!

O rei Felício e Rosie nadaram até as meninas para recebê-las.

– Perdeu isso aqui?
– Ellie perguntou ao rei Felício, devolvendo-lhe a coroa.

O rei passou a mão na cabeça.

– Minha nossa! Muito obrigado, meninas! – disse ele.

Rosie saltitou na água até Summer, que estendeu o dedo mindinho para Rosie enrolar a cauda ao redor.

– Sim, obrigada – Lady Serena disse
para as meninas segurando a preciosa pérola
dos desejos com todo cuidado. – Vocês
impediram que a rainha Malícia usasse a
pérola dos desejos para trazer tristeza ao
Recanto das Sereias e salvaram o Reino
Secreto mais uma vez!

– Se bem que ainda há uma coisa que
não resolvemos – Ellie lembrou. – Precisamos
quebrar o relâmpago da rainha Malícia para
trazer os jurados de volta.

Lady Serena pôs a mão na boca, supresa.

– Eu estava tão aliviada de ter a pérola
dos desejos de volta que quase me esqueci!
– exclamou. – Temos que concluir o Torneio
Som do Mar!

– O show tem que continuar! – sorriu
Jasmine.

Lady Serena levou todos ao Castelo
Coral. O povo das sereias voltou para a

plateia, e Jasmine, Summer e Ellie sentaram no lugar dos jurados.

As meninas se reuniram em torno da mesa para discutir as apresentações. Todas elas concordaram que Nerissa, a sereia cujas lágrimas se tornaram pérolas, e Orcan, o sireno que cantou junto com a baleia, eram os melhores competidores. Porém, não conseguiam decidir quem ficaria em primeiro lugar.

— Os dois cantaram muito bem, mas acho que Nerissa se apresentou melhor — disse Jasmine.

— Eu gostei mais de Orcan e da baleia — opinou Summer, envergonhada.

— O público torceu com o mesmo entusiasmo pelos dois — acrescentou Ellie, concentrada. — Já sei! — declarou de repente.

Ela contou sua ideia para Summer e Jasmine, e as duas concordaram, felizes.

Então, flutuaram para junto de Lady Serena e sussurraram no ouvido dela.

A líder das sereias sorriu, depois nadou num movimento fluido até o centro do palco. O silêncio se espalhou pela plateia.

– Sereias e sirenos! Tivemos uma linda competição este ano e todos os participantes merecem uma grande salva de palmas
– declarou ela.

Os presentes bateram as caudas no leito do mar e o salão se encheu de aplausos e vivas.

Alguns instantes depois, Lady Serena levantou a mão pedindo silêncio.

Trixi, o rei Felício e Rosie se olharam, à espera de que Lady Serena anunciasse o vencedor. Qual número as garotas tinham escolhido?

– Ellie, Summer e Jasmine tomaram uma decisão – continuou Lady Serena. – E pela primeira vez em todos os tempos...

Ela parou e todos na plateia prenderam a respiração.

– Temos um empate! – ela continuou.

– Os vencedores são Nerissa e Orcan!

Trixi e o rei Felício trocaram olhares encantados, e o público vibrou quando Lady Serena colocou guirlandas coloridas de anêmonas do mar no pescoço dos vencedores. Depois, presenteou cada um deles com uma medalha de estrela-do-mar.

Nerissa e Orcan se uniram à Lady Serena em um abraço, chorando lágrimas de felicidade, e algas reluzentes iluminaram o mar ao redor deles.

De repente, houve um estalo ruidoso vindo de algum lugar dos bastidores.

– Parece que o relâmpago se partiu! – exclamou Ellie.

Houve uma explosão de bolhas e os jurados apareceram na frente deles, parecendo um pouco atordoados.

– Vocês quebraram o feitiço da rainha Malícia! – comemorou Trixi.

– Já acabou a competição? – perguntou Cordélia, preocupada.

Lady Serena explicou como as meninas tinham assumido o lugar deles e impedido que a rainha Malícia roubasse a pérola dos desejos.

– Oh, obrigada, meninas! Vocês salvaram o dia! – agradeceu Cordélia.

– Acho que deveríamos agradecer a todos vocês! – declarou Ellie. – Nós nos divertimos tanto que agora não queremos voltar para casa!

– Bom, tem mais uma coisa que vocês adorariam ver – disse Lady Serena chamando

Nerissa e Orcan com um aceno. Ela se virou para os cantores e sorriu. – É hora de vocês dois fazerem um desejo para a pérola.

Todos ficaram em volta quando Nerissa e Orcan flutuaram na frente da pérola mágica. Ambos pararam pensativos e então Nerissa inclinou-se e disse algo no ouvido de Orcan.

O sireno sorriu e fez que sim.

– Já decidimos – disse ele, em tom sério.

– Gostaríamos de dar nosso desejo para Jasmine, Ellie e Summer – anunciou Nerissa, com um sorriso. – Afinal, se não fosse por elas, a pérola dos desejos ainda estaria nas mãos da rainha Malícia!

Jasmine, Ellie e Summer ficaram muito surpresas. Nerissa e Orcan nadaram até elas e lhes entregaram a pérola, e as três meninas a tocaram.

— O que a gente vai desejar? — perguntou Ellie, pensativa.

— Eu sei o que eu gostaria — respondeu Summer, tímida. As amigas se inclinaram para poder ouvi-la. — Eu adoraria saber qual é a sensação de ser uma sereia e ter uma linda cauda!

Jasmine e Ellie abriram um sorriso. Que ideia incrível!

– Desejamos ser sereias... só por um pouquinho – disse Jasmine.

A pérola dos desejos brilhou forte e banhou as amigas com luz rosada cintilante.

Ellie fechou os olhos por um instante e, quando os abriu de novo, viu que tinha uma cauda vermelho-alaranjada maravilhosa que combinava com seus cabelos! Ela olhou para as amigas e viu que Summer agora tinha uma cauda verde-alga e que a da Jasmine era prateada reluzente.

– Somos sereias! Somos sereias de verdade! – gritou Ellie, oscilando as nadadeiras e dando uma cambalhota na água, cheia de entusiasmo.

As meninas passaram o resto do dia nadando por ali, perseguindo as demais sereias e brincando de esconde-esconde, que é muito mais difícil quando os participantes conseguem ficar invisíveis!

Porém, o desejo logo acabou e as caudas se transformaram de novo em pernas.

– Acho que agora a gente tem que voltar para casa – disse Jasmine, relutante.

— Mas a gente se divertiu muito, muito!
— acrescentou Summer.

Lady Serena despediu-se delas com um
abraço.

— Também tenho um presente para
vocês, meninas — disse segurando uma linda
pérola prateada que parecia uma pequena
versão da pérola dos desejos. — Isso aqui é
um agradecimento. Vocês podem usá-la para
ficarem invisíveis, como o povo das sereias
— ela a entregou para Jasmine, que desapareceu
na hora.

— Incrível — riu Jasmine, que estava
invisível fazendo cócegas em Summer e Ellie.

— Não dura muito — alertou Lady Serena.
— Então, vocês precisam ter cuidado quando
a usarem. Mas espero que as ajude a lutar
contra a mágica horrível da rainha Malícia.

Lady Serena abraçou cada uma das meninas de novo e depois nadou para junto de seu povo.

Trixi, Rosie e o rei Felício também se aproximaram delas para se despedirem.

— Vocês vão voltar logo, né? — perguntou o rei Felício, preocupado. — Ainda há mais dois relâmpagos escondidos no reino e nunca conseguiremos destruí-los sem vocês.

— Claro que vamos! — Jasmine respondeu. — Vamos voltar sempre que vocês precisarem da gente.

As meninas se despediram dos novos amigos com um aceno, e Trixi deu uma batidinha no anel para criar um redemoinho que as transportou de volta para o mundo dos humanos.

Alguns segundos depois, elas estavam de novo no banheiro da escola, como se nunca tivessem saído dali.

— Eu tinha me esquecido de que a gente estava na escola! — exclamou Ellie. — Que engraçado a gente ter que voltar para a aula de Inglês agora, quando passamos o horário do almoço nadando com as sereias.

— O almoço ainda não acabou, bobinha — lembrou Jasmine. — Agora é a mesma hora de quando nós saímos. O que é muita sorte, porque ainda estou com fome!

— É melhor a gente guardar o presente antes de sairmos para ir comer — disse Ellie, pegando a Caixa Mágica.

A tampa da caixa se abriu e Jasmine colocou cuidadosamente a pérola especial em um dos compartimentos vazios.

— Queria saber onde será a próxima aventura — imaginou Summer.

— Por mim, pode ser em qualquer lugar!
— Ellie respondeu com uma risadinha. — Mas espero que a gente vá quando estiver na escola de novo. Visitar o Reino Secreto é muito mais divertido do que assistir às aulas!

Na próxima aventura no Reino Secreto,
Ellie, Summer e Jasmine vão visitar

A Montanha Mágica!

Leia um trecho…